AF189625

3.000 Sekunden

von

Andreas Wolter

Inhalt

Vorwort

3.000 Sekunden — das erste Buch.

3.000 Sekunden laut, anmaßend und gemein.

3.000 Sekunden lang ein persönlicher Egotrip auf der linken Überholspur, mit Lichthupe und Blinker links gesetzt.

3.000 Sekunden Dampf ablassen.

3.000 Sekunden übelster Independent-Schrammel-Punk, wenn's ein Musik-Album wäre.

3.000 Sekunden voller dreckiger Scheiße, klebriger Rotze, literweise verschwendetem Ejakulat und voll mit stinkendem Schweiß.

3.000 Sekunden, die von keinem Kritiker oder Neunmalklugen in den Dreck gezogen werden können, weil das Buch schon voller triefendem Dreck war, als es erschien.

3.000 Sekunden quasi die eigene „Betty-Ford-Klinik"!

3.000 Sekunden Psychotherapie!

3.000 Sekunden Psychopharmaka-Ersatz!

3.000 Sekunden volles Rohr an Unterhaltung und Abwechslung!

3.000 Sekunden im Hier und Jetzt!

3.000 Sekunden Spaß beim Lesen oder Zuhören!

3.000 Sekunden, dann hat man dieses Buch durch.

3.000 Sekunden —
mehr nicht!

Andreas Wolter

www.3000sekunden.de

3000 SEKUNDEN

Lauf um dein Leben

Sonntag, 18.10.2009, morgens um acht Uhr fünfundvierzig.

Dieses Jahr schied der HSV gegen seinen Erzrivalen Werder Bremen gleich zweimal im Halbfinale aus (im DFB-Pokal und im UEFA-Cup), der Bankenrettungsschirm verschlingt Milliarden und Deutschland wählt Schwarz-Gelb mit großer Mehrheit.

„Es wird höchste Zeit für etwas Positives, dieses Jahr!", dachte ich mir, und so stehe ich hier am Start des „Palma de Mallorca"-Halbmarathons. Es sind nur noch wenige Minuten, dann geht's los.

Dort, wo die meisten meines Alters und meiner Nationalität sich noch vor ein paar Stunden im „Eimersaufen" übten, stehe ich inmitten tausender, müffelnder Gleichgesinnter und warte auf den Startschuss.

Okay, die „Eimersäufer" fallen ab und an auch in die Kategorie der Gleichgesinnten, heute aber nicht.

Heute steh' ich kurz vor dem Beginn eines Kampfes gegen 21,1 Kilometer   u n d   gegen mich selbst.

Ein Wettkampf ist unter Läufern immer eine Materialschlacht. Nichts hab ich dem Zufall überlassen.

Ich trage Brooks-Laufschuhe mit innengestützter Sohle, eine hautenge Sporthose, ein atmungsaktives Shirt, Kniestützstrümpfe und eine Uhr von Garmin, die man aus 500 m Entfernung sehen kann.

Zugegeben, ich sehe total bescheuert aus, aber das fällt hier nicht auf, denn hier sieht irgendwie jeder auf seine Art total bescheuert aus.

Meine Strümpfe trage ich schon seit drei Tagen in Mallorcas Affenhitze. Nicht, weil ich Wechselklamotten zuhause vergessen habe, sondern weil schweiß-getränkte Socken dafür sorgen, dass man keine Blasen bekommt. Der alte Bundeswehr-Trick, eben.

Funktioniert echt!

Deshalb müffelt es hier am Start auch so. Das Anziehen heute Morgen wurde von einem andauernden Würg-reiz begleitet. Übelst!

Ich gönne meinem ärgsten Feind nicht, in der Nähe zu sein, wenn ich nach dem Lauf aus den Schuhen schlüpfe.

Peng! Startschuss! Endlich.

Auf den ersten Metern verfliegt auch der beißende Gestank tausender Socken.

Aus zwei Kanonen wird an der Startlinie Konfetti in die Luft geschossen und ich wetze euphorisch über die Strecke. Anfangs ist das Vorankommen immer noch etwas schwierig, bis sich das Teilnehmerfeld auseinander zieht. Alle paar Meter ein Trottel, der den Zuschauern zuwinkt, anstatt zu laufen – oder zwei, drei Frauen, die nebeneinander laufen, um sich den neusten Tratsch zu erzählen und damit ein Vorbeikommen fast unmöglich machen.

Nach drei, vier Kilometern komme ich recht gut voran, bis mir ein Schwabbelhintern um die Ohren schlackert, welcher in schwarze Hot-Pants gezwungen wurde. Auf ihm steht in Großbuchstaben „ANGELIKA". Auf ihrem gelben Laufshirt steht der Name des Kaffs, in dem sie wohl ihre Trainingsrunden dreht.

Wieso steht das eigentlich auf dem Shirt, frage ich mich. Auf den Hot-Pants wäre Platz genug für ihre gesamte Anschrift gewesen. Und ihre Lebensgeschichte.

Aber Moment mal! Schwarze Hose, gelbes Shirt, also schwarz-gelb … Hallo! Angelika — wie die Kanzlerin?!

Das erste Feindbild dieses Laufes war geboren!

So, nun etwas Gas geben und locker vorbeiziehen. Aber natürlich ganz dicht, damit sie sieht, von wem sie überholt wird. Demütig, erstaunt und ehrfürchtig soll sie mir hinterherschauen.

Es wird Zeit, einen Blick auf den Hochleistungsrechner zu werfen, den ich an meinem Handgelenk trage und den die Firma Garmin „Uhr" nennt.

Während ich Zwischenzeit, Höhenmeter, Luftfeuchtigkeit, etc. überprüfe, sehe ich in meinen Augenwinkeln die schwarz-gelbe Koalition wieder an mir vorbeiziehen.

Wie hat sie das nur geschafft? Wird sich die SPD wohl auch gefragt haben.

Sie schwabbelt vor mir her. Der Schriftzug „ANGELIKA" auf ihrem Hintern erstreckt sich in meiner Wahrnehmung bei jedem Schritt von 10 cm über dem Boden bis zu ihrem Haaransatz — so schwabbelt das.

Und bei jedem Schritt wächst auch mein Hass. Ja, genau, ich hab „Hass" gedacht.

Ein Herzanfall soll sie fällen, denke ich, während ich nach Luft japse.

So, nun reicht es, ein Zwischensprint wird ihr jegliche Motivation rauben.

Während ich im Asphalt eine Feuerspur hinterlasse und an ihr vorbeiziehe, will ich am liebsten schreien: „Ich hab die anderen gewählt!".

Ich lass es aber lieber bleiben.

Das wird aber auch so gereicht haben, um die Fronten mit diesem fetten Kapitalistenarsch zu klären. Wahrscheinlich hat sie sich die Reise von der Steuerersparnis geleistet, die ihr die FDP versprochen hat.

Ich hab für die Reise hart gearbeitet. Ich hab sie mir verdient.

Achtung, Angelika, halt' deinen Hintern fest, jetzt überholt dich die Arbeiterklasse!

Ich erreiche Kilometer 9.

Wieder zieht die fette Kuh an mir vorbei und mit ihr ein Teil meiner Selbstachtung.

Das kann doch gar nicht sein, oder gibt es irgendwelche Muskelgruppen, die am ganzen Körper hin und her schlackern? Aber mithalten hieße, nach weiteren vier, fünf Kilometern komplett einzubrechen.

Während sie sich langsam von mir entfernt, wedelt sie mit ihren Händen, als wolle sie ihre frisch lackierten

Fingernägel trocknen. Das macht sie doch nur, um mich zu demütigen!

Kilometer 14.

Angelika ist längst aus meinem Bewusstsein verschwunden. Ich empfinde mittlerweile nur noch Selbsthass. Wieso mach' ich auch immer so eine Scheiße mit? Wozu?

Ich könnte jetzt auch mit einem Eimer am Strand liegen. Ich greife in die Tasche, um meinen letzten Joker auszuspielen. Normalerweise hab' ich dort einen „Mars"-Riegel. Der Zucker puscht mich immer noch über die letzten Kilometer. Hier haben die heute Morgen kein „Mars" am Kiosk gehabt, leider nur ein „Twirl". Keine genaue Ahnung, was das für ein Riegel ist. Während ich reinbeiße hoffe ich, dass es kein Hundekuchen ist.

Kilometer 19.

Ich erblicke am Horizont etwas in schwarz-gelb. Kann nicht genau erkennen, ob es liegt oder steht. Aber da es nur sehr, sehr langsam näher kommt, wird es wohl stehen bzw. laufen.

Nun hat meine Stunde geschlagen. Meine Waden brennen, der Atem rasselt, mein Gesicht sieht sicher so aus, als wäre die Hose voll, aber ich nehme meiner Angelika Minute für Minute einige Meter ab.

Kilometer 20.

Ich bin nur noch wenige Meter von ihr entfernt und konnte sie gerade lachen hören. Sie tut so, als hätte sie Spaß. Mit wem, meint sie, hat sie es wohl zu tun, dass ich die Art der psychologischen Kriegsführung nicht durchschauen würde?

Kilometer 21.

Noch 100 Meter, und meinen Überholungsvorgang untermale ich unfreiwillig mit lautem Keuchen. Ich überschreite die Ziellinie und falle auf die Knie.

Ja, gesiegt.

Bevor ich vor Erschöpfung mein Bewusstsein verliere, sehe ich Angelikas Gesichtsausdruck. Sieht in etwa so wie meine Mutter aus, wenn sie sich Sorgen um mich macht.

Aber in diesem Fall ist diese Assoziation völlig unsinnig. Nein, das muss ihr enttäuschter Verlierergesichtsausdruck sein, ihr „Ich-muss-einsehen,-dass-ich-mich-mit-dem-Falschen-angelegt-habe-Gesichtsausdruck".

Bevor ich mein Bewusstsein wiedererlange, sehe ich mein bisheriges Leben wie im Film im Zeitraffer an mir vorbeiziehen.

Zugegeben, der Film war sehr kurz, aber er hatte für mich immerhin ein Happy End.

Ich liebe Filme mit Happy End!

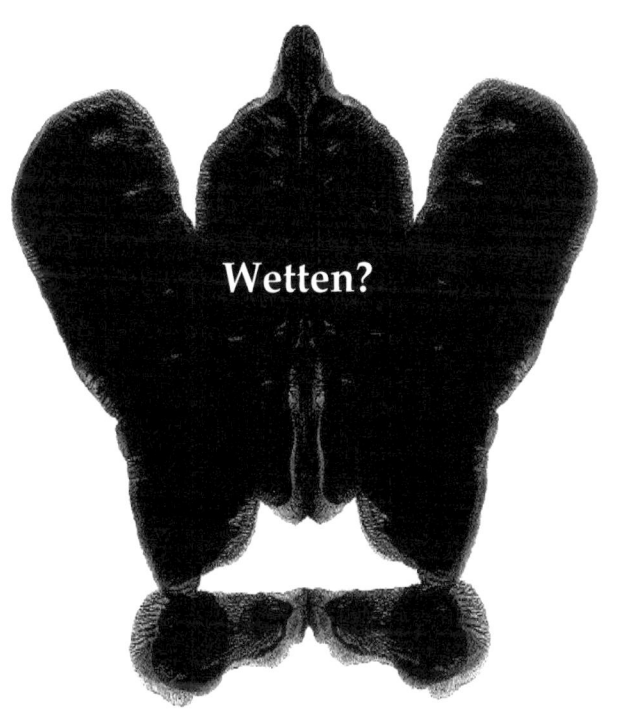

Wetten?

Es ist drückend heiß, draußen. Ein wunderschöner Julitag neigt sich dem Ende zu.

Nun, am frühen Abend, liegt Gewitter in der Luft.

Die Schlange vor dem Eiscafé eine Straße weiter war heute sehr lang, als ich von der Arbeit kam. In den Autos, die vom Strand in Richtung Innenstadt fahren, sitzen krebsrote Menschen. Mit einer Hand aus dem weit geöffneten Fenster oder Sonnendach fahren sie nach Hause.

Die Glücklichen, die heute diesen Tag am Strand verbringen durften – Zeitung lesen, im Wasser abkühlen, Volleyball spielen oder einfach nur die Wärme genießen – herrlich!

Ich lasse meinen Arbeitstag mit einer kühlen Flasche Bier auf meinem Balkon ausklingen. Ich habe alles andere in die Ecke geworfen, um nun die letzten Sonnenstrahlen zu genießen.

Im 1. Stock von meinem Balkon aus kann ich ohne Probleme in die Erdgeschosswohnung des Hochhauses gegenüber gucken.

Das Bild drängt sich geradezu auf: Der Opa von gegenüber guckt Fernsehen.

Von seinem Fernsehsessel aus sieht er sich eine Quizshow an und isst ein paar Stullen zum Abendbrot. Wahrscheinlich hat ihm seine Frau, die ihn jetzt aus der Küche mit irgendwelchen Geschichten ihres Alltags nervt, die Brote geschmiert.

Da hat man so einen Blick in die Nachbarsstube und dann bekommt man so etwas zu sehen: Einen alten Typen, wie er sich am Sack kratzt, in die Glotze starrt und versucht, seine Frau zu ignorieren.

Es gäbe so viel, wofür es sich für mich zu gucken lohnen würde, und dabei denke ich nicht an das lesbische Pärchen mit exhibitionistischen Neigungen aus dem Parterre rechts. Ich muss unweigerlich an den Hitchcock-Klassiker „Das Fenster zum Hof" denken.

In der Hoffnung, dass sich ähnliche Vorkommnisse wie bei meinem Hitchcock-Gedanken entwickeln, bleibe ich gespannt sitzen.

Alle paar Minuten scheint der Alte was in die Küche zu rufen. Danach schüttelt er den Kopf oder macht mit seiner rechten Hand den „Scheibenwischer" vor seinem Gesicht. Seine Frau scheint ihn richtig zu nerven.

Es ist schrecklich, aber man kann, wie bei einem Autounfall, nicht weggucken.

Wenn er zumindest auf Sport zappen würde. Zum Glück kommt jetzt die Rettung des Abends auf den Parkplatz gefahren: Der Junggeselle, der über den beiden Alten wohnt, mit seiner neuen Freundin. Allem Anschein nach haben sie einen schönen Strandtag hinter sich. Sie haben die Sonne im Gesicht und tragen Badeschlappen, Stranddecke und Tasche.

Auf dem Weg zur Haustür können Sie die Finger nicht voneinander lassen.

Ach, junger Freund, genieß' den Tag.

Laut Statistik stehen die Chancen gut, dass euch demnächst eine hässliche Trennung bevor steht, oder dass deine Zukunft direkt unter dir wohnt.

Statistisch schafft es nur jede 20. Beziehung bis zur Ehe. Von diesen Ehen werden allerdings 50 % wieder geschieden. Von den verbleibenden 50 %, die nicht geschieden werden, ist, wenn ich mir die Alten von gegenüber angucke, sicherlich nur ein kleiner Bruchteil glücklich. Die Wahrscheinlichkeit auf eine für beide Seiten glückliche Ehe ist also verschwindend gering!

Bei B-Win, Tipico oder sonst irgendeinem Wettportal würde die Quote wohl bei 1 : 1.000 stehen, dass die beiden zusammen glücklich werden.

Für jeden Buchmacher wär's wohl ziemlich lohnenswert. Nur ein verrückter Spieler und unbelehrbarer Romantiker würde alles, was er hat, auf so etwas setzen.

Ich glaube, dass beides auf mich zutrifft, zudem habe ich auch immer so ein „Schweineglück".

Ich freue mich schon drauf, wenn gleich meine Frau nach Hause kommt und bin mir sicher, dass mein „Hauptgewinn" mich auch noch zu schätzen weiß, wenn ich so alt bin, wie der alte Sack von gegenüber.

So, wo ist jetzt das nächste Wettbüro?

Der eigentlich
Leidtragende einer
Trennung

Es ist hell und man hört das Wasser plätschern.

Allerdings kommt das Licht aus einer Leuchtstoffröhre, die nach einem Surren hin und wieder für ein paar Sekunden ihre Arbeit einstellt.

Das plätschernde Wasser kommt aus dem Ablauf einer Pinkelrinne, es riecht nach Urin und Zitronenklostein.

In dieser gedrückten Atmosphäre hängt ein betrübter Kopf über der Rinne.

„Hey, was ist denn mit dir los?" wird er von nebenan gefragt.

„Ach, hör' bloß auf!", erwidert er. „Der Rest, der an mir hängt, ist einfach nicht mehr zu gebrauchen. Er hat schon seit Monaten keine mehr angeschaut.
Liebeskummer hat der Trottel.
Ihr hat es gereicht, einen Abschiedsbrief zu schreiben, aber ich hänge hier fest.
Ach! Es war so schön, bevor sie uns verließ. Herrlich war es, wie sie mich zärtlich küsste. Täglich hat sie sich mit mir beschäftigt.
Tiefe Gefühle wurden ausgetauscht. Wenn sie ihn anlächelte, bin ich sofort aufgestanden.
Sie fehlt mir. Alleine mit ihm ist es kaum auszuhalten."

Der andere schaut etwas irritiert und sagt mit hoch rotem Kopf: „Und deshalb ziehst du so eine Eichel? Die paarmal, die ich geküsst wurde, kannst du an meinen Eiern abzählen und während dessen hat mich der Typ, der an mir hängt, mit einer nach Gummi stinkenden, hautengen Latexhaut überzogen. Widerlich!
Und als wäre das nicht genug, werde ich jeden zweiten Tag von seinen beharrten, rauen, verhornten Händen bis zum Erbrechen gewürgt. Ich wünschte, ich könnte ihn loswerden. Er ist eine Flasche. Hören tut er zwar auf mich, stellt sich Frauen gegenüber aber total dämlich an."

Der Betrübte murmelt: „Tut mir leid für dich. Warum stellen sich diese nutzlosen Kadaver, die an uns hängen, nur immer so dämlich an … und wie sie schon aussehen, mit ihren behaarten Brüsten."

Er hebt leicht seinen Kopf und fängt mit einer nachdenklichen Eichel zu urinieren an.

Der andere schüttelt verständnislos den Kopf und tut es ihm gleich.

Nach dreimaligem Abschütteln sagt der Betrübte: „Da hat Gott doch einen Fehler gemacht. Wieso hängen wir nicht am Arm der Frau? Das Leben könnte so einfach sein.

Gemeinsam könnten wir ohne Kriege und diesem Testosteronmist die Erde zum Planeten der Liebe machen. Für unsere Nachfahren wäre es schön, wenn die Evolution das bald regeln würde."

Der andere nickt wortlos.

Zipp.

Zipp.

Das Verschließen der Reißverschlüsse beendet die Unterhaltung.

Helden des Alltags

Freitag, am späten Nachmittag. In Flensburg ist es richtig heiß, heute.

Tiefes Schnauben dröhnt aus einer Wohnung im 2. Stock. Ein stark übergewichtiger Mann öffnet sein Küchenfenster, bevor er sich mit einer gekühlten Cola auf den Weg ins Wohnzimmer macht. Mit einem lauten Seufzer lässt er sich auf das Sofa fallen, danach streicht er sich über seine Halbglatze. Sein Schweiß drückt ihm aus jeder Pore, obwohl er nur ein Unterhemd und Unterhose am Körper trägt. Er riecht, als hätte er sein Badezimmer seit Tagen nicht von innen gesehen.

Er flucht über das heiße Wetter und über die Meinung eines Talkshowgastes im Privatfernsehen, welches er mit einem Auge verfolgt.

Dem Nachbarn, der gerade vergnügt auf dem Balkon mit einer neuen Bekanntschaft flirtet, würde er am liebsten den Hals umdrehen.

„Nur einmal ausbrechen, aus diesem Loch.", denkt er. „Nur einmal als Held dastehen."

Nachdem er die Cola zu ¾ in sich und zu ¼ auf sein Unterhemd geschüttet hat, zieht er sich eine lange Hose und Schuhe an.

Sein Ziel ist die Frittenbude am Ende der Straße.

Zeitgleich verlässt ein Mann schnellen Schrittes ein Bürogebäude auf der gegenüberliegenden Straßenseite. Der heiße Tag hat auch ihm erkennbar zugesetzt. Die Ärmel seines Hemdes sind hochgekrempelt, die Krawatte gelockert und Umrisse von Schweißflecken unter seinen Armen sind sichtbar. Er trägt ein Sakko über dem linken Arm und einen Aktenkoffer in der rechten Hand.

Bei einem Blick auf die Uhr verziehen sich seine Mundwinkel.

Der Koffer ist ein Geschenk seiner Frau und seiner zwei Kinder zum 40. Geburtstag vor einigen Tagen. Nun wird er jahrelang daran gefesselt sein, nur damit er für die Nachbarn nach einem „Karrieremann" aussieht. Er hatte noch nie so ein Ding gebraucht. Die zwei Scheiben Brot und den Apfel, den er jeden Morgen von seiner Frau mitbekommt, kann er gerade noch so ohne Aktenkoffer tragen.

Jeden Tag das Gelächter und die Sprüche seiner Kollegen, das hängt ihm zum Hals raus.
„Oh! Geheime Übergabe?" oder „Bekommst du dein Gehalt jetzt in kleinen, unmarkierten Scheinen?"
Er überlegt jeden Tag, wie er das verdammte Ding loswerden kann. Er verlässt das Büro und geht zu seinem Auto, das er am Ende der Straße parken

musste. Es steht so weit weg, weil er seine Kinder vor der Arbeit zur Schule fahren musste und deshalb wiedermal keinen nahen Parkplatz fand. Es ist ihm daher unmöglich, die Gleitzeit auszunutzen und einen Parkplatz auf dem Bürogelände zu ergattern. In der Singlewelt, in der seine Kollegen leben, gibt es solche Probleme nicht.

„Was hab´ ich mir nur dabei gedacht?", fragt er sich, „Vor zehn Jahren zu heiraten und Kinder in die Welt zu setzen. Keiner seiner Kollegen würde ihn sonst belächeln. Nur einmal ein Held sein. Nur einmal ausbrechen, aus Alltag und Familie!", denkt er.

Am Ende der Straße kreuzen sich die Wege der beiden Herren. Ihre Blicke streifen sich abschätzig.

20 Meter entfernt geht ein älterer Herr auf dem Gehweg entlang. Er trägt einen Strohhut und geht in langsamem Tempo etwas gebückt mit einem Stock an der Frittenbude vorbei. In lautem Tonfall macht sich eine kleine Gruppe junger Männer über ihn lustig, die sich am Stehtisch vor dem Imbiss versammelt haben. Sie trinken Bier, warten scheinbar auf ihr Essen und zeigen lachend auf den Herren.

„Ey Oppa! Zum Frühstück bist du zuhause.", ruft einer. Sein Freund geht ein paar Schritte auf den älteren

Herren zu und schnippt ihm mit den Fingern den Strohhut vom Kopf.

Danach ruft er: „Jetzt wohl eher zum Abendessen!"

Wieder ertönt lautes Gelächter. Einer der jungen Männer schlägt mit der Hand auf den Stehtisch, um seiner Begeisterung mehr Nachdruck zu verleihen. Der alte Herr versucht sich zu bücken, um den Hut aufzuheben. Dies bereitet ihm offensichtlich sehr viel Mühe, da es sehr langsam vor sich geht und seine Hand, die den Stock umklammert, zu zittern beginnt.

Der dicke Kerl mit der Halbglatze und der Karrieretyp mit dem Aktenkoffer haben die Szene beobachtet und schauen sich entsetzt an.

„Tu doch was!", denkt der Dicke. „Leg' deinen Aktenkoffer aus der Hand und hilf dem Alten, oder hast du etwa Angst, dein weißes Hemd schmutzig zu machen?"

„Tu doch was!", denkt der Aktenkofferträger, „Oder hast du etwa Angst, dich zu überanstrengen?"

„Was soll ich tun?", denken beide. „Solche Typen haben doch keine Skrupel. Die schlagen mich krankenhausreif oder haben gar Waffen dabei! So etwas habe ich heute gerade erst in der „Bild" gelesen.

Vielleicht hat der Alte ja angefangen und hat es nicht besser verdient. Der mögliche Gerichtstermin später, der ganze Ärger …"

Derweil hat ein junges Mädchen, das gerade noch auf der Straße mit ihrem Fahrrad fuhr, angehalten und den Hut aufgehoben. Ein genervter, böser Blick von ihr in Richtung der Gruppe junger Männer lässt deren Lachen verstummen.

Das hat gesessen.

„Endlich hat mal jemand was getan!", denken der Dicke und der Aktenkofferträger, bevor sie wortlos ihrer Wege gehen.

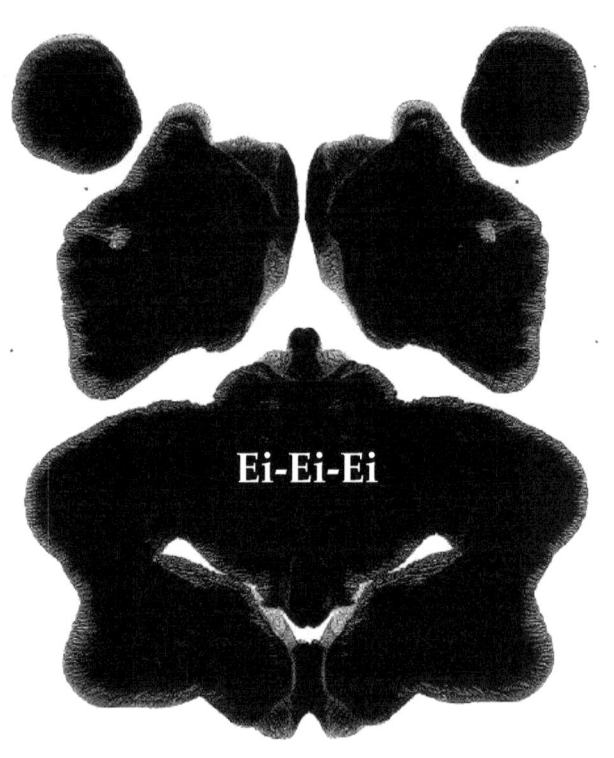

Vögel, der zwei,
flogen nebeneinander über Fluss, Berg und Tal;
dabei fühlten sie sich soooo frei.

Während einer Pause, so um drei,
auf einem Baum, saßen unter ihnen kiffende Studenten,
ganze zwei, und nach einiger Zeit waren sie High.

Drauf folgte, was für eine Schweinerei,
eine wilde Vögelei.

Kurze Zeit später, juchhei,
lag neben ihnen im Nest ein Ei.

Dann im Frühling, kurz vor Mai,
zog ein Sturm auf und kam mit großen Wolken herbei.

Und was darauf folgte, „o mei",
war nur noch ein Spiegelei.

o-wei – o-wei – o-wei.

Schade. Vorbei.

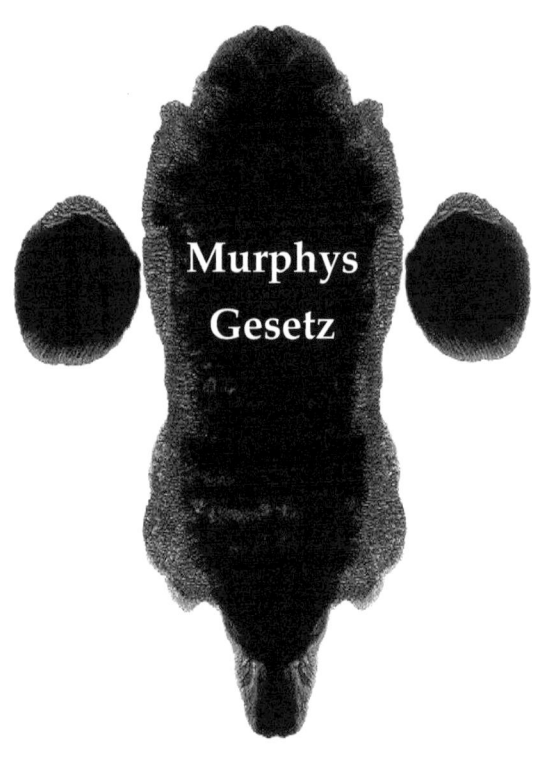

Murphys
Gesetz

Die Sonne scheint schon den ganzen Tag. Es ist ein sehr schöner Dienstag, spät am Nachmittag im Mai. Es ist einer der ersten warmen Tage im Jahr und eine gewisse Euphorie belebt die Stadt. Das Grillfleisch von Aldi war heute sehr schnell ausverkauft und die Seitenstraßen einer kleinen Vorstadt werden von Fahrradfahrern und Fußgängern bevölkert.

An der Straßenecke fährt ein Mini Cooper auf den Parkplatz des Fitnessstudios. Über dem Eingang prangt ein rotes Schild mit der Aufschrift „Fit Fun Vital". Daneben ist ein gutgebautes Sportlerpärchen abgebildet. Es umschlingt sich und schaut, als wolle es sagen: „Wir sind glücklich, fit, erfolgreich und haben andauernd stundenlangen guten Sex."

Lisa, eine sportliche Frau Anfang 20, steigt aus dem Mini. Sie streicht sich durch ihr langes, hellblondes Haar, bevor sie ihre Sonnenbrille von der Nase auf den Kopf schiebt und eine Sporttasche vom Rücksitz nimmt. Sie hat eine sportliche Figur, ein durchschnittliches Gesicht und ist braungebrannt. Am Ohr hält sie ein Handy. Ihre Mutter ist am anderen Ende und will sie zum Grillen einladen. „Nein danke, Mom!", sagt sie. „Ich hab schon ein Date."

„Grillen!", denkt sie abgeneigt. Freiwillig unzählige Kalorien, eine Mutter und ein Vater, die nicht müde werden, diese immer und immer wieder anzubieten. Keine Light-Getränke, dafür aber diese nervtötende Fragerei: „… was man denn so treibt, und ob man vielleicht endlich jemanden aus der Männerwelt kennengelernt hat."

Alles schwimmt in Fett und am Ende des Abends werden die beiden sich wieder zanken. Freiwillig? Nie im Leben, sie macht sowieso gerade eine Ananas-Diät und vor der Strandsaison müssen noch dringend 2 Kilo weg. Außerdem arbeitet Jan heute. Ein Fitnesstrainer, der wie ein Unterwäsche-Modell aussieht.

Hoffentlich ist der Crosstrainer direkt am Eingang frei. Von da hat sie den besten Blick auf den gesamten Fitnessbereich, wo Jan sich die meiste Zeit aufhält. Sie hat sich schon ein paar Fragen überlegt, die sie ihm über das Training stellen könnte. So werden sie schnell ins Gespräch kommen, ihre neuen Hot-Pants und der neue Lagerfeld-Duft sollen den Rest erledigen. Sie darf nur nicht zu hart trainieren, sonst kommt sie womöglich noch ins Schwitzen. Eine strenge Schweißfahne kann sie nicht gebrauchen. Sie hat zuhause vor dem Training extra noch einmal geduscht. Hoffentlich trainiert seine Freundin heute nicht. Diese eingebildete Schlampe könnte alles zunichtemachen. Nein, er hat etwas viel besseres verdient, als diese oberflächliche, dusselige Kuh.

Am Eingang ist René gerade dabei, sein Fahrrad abzuschließen. René ist noch keine 30, hat aber bereits mit Haarausfall zu kämpfen. Heute trägt er ein Trikot seiner Lieblingsmannschaft Schalke 04. René ist übergewichtig und allein die Radtour zum Studio ist für ihn schon immer eine Quälerei. Vor drei Wochen hat er angefangen zu trainieren. Der erste Monat ist immer gratis und zur Probe, aber nach zwei Wochen unterschrieb er in einem kühnen Moment gleich mal einen 2-Jahresvertrag. Trainer Jan fand das super und grüßt ihn seither auch immer. Zwar sagte er letzte Woche „Ralf" zu ihm, aber man kann sich ja auch nicht alle Namen merken.

Nach der zweiten Trainingswoche hatte er schon vier Kilo abgenommen. Letzte Woche waren es leider nur noch zwei, aber Jan meinte, dass das völlig normal sei. Muskeln sind halt schwerer als Fett.

Beim Fahrradabschließen lässt er sich Zeit, damit er rein zufällig Lisa die Tür aufhalten kann. Er arbeitet bei Edeka an der Kasse und da ist sie ihm schon öfter aufgefallen. Sie arbeitet nämlich im Sonnenstudio gegenüber und geht manchmal nach der Arbeit bei ihm einkaufen. Jedes Mal, wenn sie den Laden betritt, hofft er, sie würde sich an seiner Kasse anstellen.

Als Lisa in die Nähe des Eingangs kommt, lässt René das Fahrradschloss einrasten und geht zur Tür. Plötzlich bleibt sie stehen, um ihr Handy aufzulegen und in die Sporttasche zu stecken. „Verdammt!", denkt René, „Ich kann doch jetzt nicht wie angewurzelt an der Tür stehen bleiben, wie ein Trottel. Naja, vielleicht ergibt sich noch mal eine Chance beim Rausgehen, oder vielleicht morgen ein, zwei Worte mit ihr zu wechseln. Also nichts anmerken lassen und einfach rein."

René geht ins Fitnessstudio, Lisa folgt ihm kurze Zeit später, ohne Kenntnis von ihm zu nehmen.

Drinnen steht Jan hinterm Empfangstresen. Gesicht und Körperhaltung geben Aufschluss über seine Gemütslage. Er ist offensichtlich deprimiert. Neben ihm steht Judith, die immer aufgedrehte und gut gelaunte Aushilfe. Naiv, blond, blauäugig, dickbusig und … blöd. Sie begrüßt jeden Studiobesucher mit der gleichen Floskel: „Hi, geht's dir gut?" Wahrscheinlich auswendig gelernt. Ja, ziemlich eindeutig der Punkt drei einer „To-do-Liste" des Studioinhabers, welche neben dem Telefon liegt:

Punkt eins: Total bescheuertes Grinsen aufsetzen.

Punkt zwei: Brüste rausstrecken, um zu zeigen, was die halbe Stadt schon einmal in Händen hielt.

Punkt drei: Begrüßung mit den Worten: „Hi, geht's dir gut?"

Sie macht ihre Sache echt gut.

René erwidert auf ihre Begrüßungsfloskel mit einem breiten Grinsen leicht stotternd: „g…g…gut." Dabei ist sein Blick fest auf Judiths Brüsten eingefroren. Sie hält ihm den Schlüssel für sein Schließfach entgegen und nach dem dritten Versuch zuzugreifen hält er ihn in den Händen. Im Hintergrund verlässt Jan seufzend den Empfangstresen und geht in den Fitnessbereich. René geht zur Umkleide und Lisa ist an der Reihe.
Auf Judiths Standardbegrüßungstext erwidert sie: „Mir schon, aber was ist mit Jan?"
„Ach, mit seiner Freundin ist es mal wieder aus.", sagt Judith leicht genervt. Lisa versucht angestrengt ein betroffenes Gesicht zu machen, aber was sie auch tut, aus ihrem Gesicht will sich das Lächeln einfach nicht entfernen. Schnell den Schlüssel, und ab in die Umkleide.
Die Tür der Umkleide ist kaum geschlossen, da tanzt sie wie Roger Milla 1990 um die rumänischen Eckfahne herum den Makossa-Tanz, ohne jemals etwas von dem kamerunischen Ausnahmefußballer gehört zu haben.
René betritt umgezogen den Fitnessbereich. Er trägt immer noch sein Schalke-Trikot, aber die schwarze Nike-Sporthose lässt nun seine kalkigen Waden bis zu

den „Homer-Simpson"-Socken zum Vorschein kommen. Er steht vor dem Crosstrainer und hält kurz inne, als will er sagen: „Okay, du magst mich nicht und ich dich auch nicht, aber wir müssen da zusammen durch."

Er schwingt sich auf den Crosstrainer und ein vor Schweiß triefender Enddreißiger auf dem Laufband ein paar Meter weiter nickt ihm anerkennend zu, als wolle er sagen: „Auf geht's! Wenn du dich anstrengst, bist du irgendwann mal vielleicht fast genauso schnell wie ich."

„So ein Proletenarsch!", denkt sich René, „ … mich beeindruckst du nicht mit deinem „Marathon-Finisher-Shirt". Im „Fifa-Soccer" mache ich dich jederzeit platt."

Er steckt sich Kopfhörer in die Ohren, damit er das Fernsehprogramm verfolgen kann, welches auf vier Bildschirmen an der Studiowand zu sehen ist. Er stellt seinen Tonkanal auf den zweiten Fernseher, auf dem ein Musiksender läuft, streckt sich noch einmal und legt los.

Lisa betritt zusammen mit einer Duftwolke aus der gesamten Douglas-Produktpalette den Fitnessbereich. Als erstes fällt ihr Blick auf René, weil er auf ihrem angestammten Crosstrainer trainiert, welcher, wie schon festgestellt, den besten Blick auf den gesamten Fitnessbereich bzw. Jan garantiert.

René nimmt den Blick wahr und stellt den Widerstand etwas höher. „Jetzt nicht nachlassen, Tiger!", denkt er, „Zeig ihr, was du drauf hast!" Er quält sich im Takt eines Metallica-Videos, welches gerade gesendet wird. Jan und Lisa verschwinden aus seinen Augenwinkeln. „Verdammt!", denkt er, „Wenn ich die Ohrhörer nicht auf hätte, könnte ich hören, was sie sagen."

Er stellt sich vor, wie sie wenige Meter hinter ihm über ihn reden. Loben wird Jan ihn, und stolz sein, dass er sein Trainer ist. „Wenn man in dieser kurzen Trainingszeit seinen Wiederstand so hoch stellt, muss man schon ein ganzer Mann sein.", wird er sagen. Renés Atem rasselt und er stellt sich vor, in einen Doppel-Whopper mit Schinken und Käse zu beißen. Aber jetzt nicht nachgeben. Zumindest bis zum Ende des Trainingsprogramms muss ich durchhalten, um mein Gesicht nicht zu verlieren.

Noch fünfzehn Minuten läuft das Programm, bis ein Piepen das Ende der Einheit signalisiert. Lisa wird wahrscheinlich nach Jans Laudatio anerkennend nicken und ihn ab sofort in einem völlig anderen Licht sehen.

Der schweißnasse Enddreißiger hat sein Training beendet und steigt vom Laufband. Während er in Richtung Umkleide geht, wischt er sich mit seinem Handtuch den Schweiß von der Stirn und wirft es sich auf die Schulter. Auch er verschwindet aus Renés Augenwinkeln. Während er zur Umkleide geht, hat Jan ihm vermutlich mit einem Fingerzeig auf René zugerufen: „Na, was sagst du zu dem?" Und der Läufer wird antworten: „Wahnsinn! So eine Leistung hätte ich ihm gar nicht zugetraut." So, oder so ähnlich. René hustet und wünscht sich, er würde zuhause auf dem Sofa sitzen.

Noch elf Minuten, bis das Trainingsprogramm endet. Seine Oberschenkel brennen, aber er beißt, als wenn es um die Deutsche Meisterschaft für Schalke 04 geht. In René steigt ein tiefer Hass auf: Wer hat eigentlich diesen scheiß Crosstrainer erfunden? Er schmiedet Mordpläne, falls der Erfinder noch am Leben sein sollte. Mit seinem vollgeschwitzten Handtuch würde er ihn einfach gleich hier erwürgen. Dieser Countdown auf dem Crosstrainer geht ihm zwischenzeitlich gehörig auf den Sack. Das Trainingsprogramm will dadurch überhaupt nicht enden. Schrecklich. Jetzt keimt in ihm deswegen auch noch eine tiefe Abneigung gegen den Studiobesitzer auf, der damit ein geradezu perfides Training initiiert hat. Wieso hat dieser Kerl nicht ein anständiges Handwerk gelernt.

Noch eine Minute. Unwohlsein keimt bei René auf. René versucht, einen stärker werdenden Brechreiz zu unterdrücken, außerdem ist aus dem Hass gegen den Crosstrainer-Erfinder und den Fitnessstudio-Betreiber Selbsthass geworden.
„Wieso hab ich mich hier nur angemeldet?", denkt er. Er hat seinen Kopf mit einem nunmehr mutierten Tunnelblick auf die Zeitanzeige des Crosstrainers gerichtet. Noch zehn, neun, acht ……

Mit einem langen Piepen endet das Trainings-programm – endlich.

Die Beine wie einbetoniert und dazu Knie aus Pudding, so steigt er von dieser Höllenmaschine. Er versucht, einen möglichst frischen Eindruck zu machen, während er sich umdreht, um die anerkennenden Blicke von Jan und Lisa aufzusaugen. Leider steht da weit und breit niemand. Nur Judith schaut hinterm Tresen in einen keinen Handspiegel, um sich ihren Lippenstift nachzuziehen.

In seinem Magen brodelt es jetzt, die Blase drückt und instinktiv wankt er zur Toilette. Dort angekommen nimmt er das erstbeste Klo in Beschlag und nachdem er die Brille hochgeklappt hat, fängt er zu husten und zu würgen an. Ein halb verdautes Gummibärchen, ein wenig Cola, dazu ein Hamburger-Gemisch – alles flatscht untermalt von einem lauten „Üüäääärrghhh!!!" in die Schüssel.

Kaum hat er den Magen entleert, da meldet sich der Darm. Er dreht sich im Zeitraffertempo um. René zieht die Hose in die Knie. Während sein Hintern einen langanhaltenden Feuerstoß loslässt, fällt er fast in die Schüssel, weil zum Herunterklappen der Brille keine Zeit blieb. Nach einigen Minuten werden die Furz-pausen länger und René nimmt ein leises Gestöhne war.
„Diese liebliche Stimme kenn ich doch?", denkt er. Langsam öffnet er seine Klotür. Durch einen kleinen Spalt kann er Lisas blondes Haar erkennen.

Dem Anschein nach ließ sie sich von Renés lauter Entleerungsorgie nicht stören. Der Gedanke, dass Lisa paarungsbereit und halb nackt direkt vor seiner Klotür an der Pinkelrinne steht, lässt ihn sehr nervös werden. Langsam versucht er, die Tür weiter aufzuschieben. Leider sehr stümperhaft, denn die Tür springt unter lautem Quietschen auf.

René blickt auf Lisa, wie sie mit hochgezogenem Top Jan umschlingt. Den beiden blieb ausgerechnet der

Türquietscher nicht unbemerkt. Beide blicken auf René, wie der mit stierendem Blick, nur auf einer Arschbacke auf dem Klo-Rand das Gleichgewicht suchend, in die Schüssel strullert.

Lisas Aufschrei hallt heute noch durch den kleinen Vorort.

Sie zieht ihr Top wieder über die blanken Brüste und rennt aus dem Klo. Der kurze Anblick auf ihre Oberweite lässt Renés kleinen Freund um 180 Grad gen Himmel steigen und mit ihm auch seinen Urin, der in hohem Bogen in Jans Richtung plätschert. Nachdem Jan mit einem angewiderten Blick die Klotür zuschlägt, spricht er unter einem Fäkalworthagel ein massives Hausverbot aus.

„Naja, immerhin bin ich nun diesen 2-Jahresvertrag los.", denkt sich René, während sich sein Darm wieder meldet.

Personalkostenquote

Zum fünften Mal kommt sie jetzt in unser Schlafzimmer. Noch einmal, um mir mitzuteilen, dass wir zum Mittag zu meinen Eltern sollen.

Als hätte ich es nicht schon beim ersten Mal verstanden.

Mein Gott, sie tut so, als würden wichtige Verpflichtungen an diesem Termin hängen. Wer zum Teufel hat eigentlich dieser Einladung zugesagt? Ich will doch nur noch ein bisschen schlafen, bin aber ganz unruhig, weil ich weiß: Jeden Augenblick müsste sie wieder reinkommen, nur wird ihre und meine Laune ein Stück weiter gesunken sein.

Druck habe ich schon zwölf Stunden rund um die Uhr auf Arbeit und jetzt auch noch hier. Gleich geht wieder die Tür auf. Ich höre schon ihre Schritte. Wenn die Tür aufgeht, werde ich sie erst einmal zurechtweisen. Immerhin habe ich gestern Abend mit dem Aufsichtsrat bis elf getagt. Gleich müsste sich die Tür öffnen, gleich.

Aber es passiert nichts.

Ich wuchte meinen in den letzten Jahren etwas schwerer gewordenen Körper aus dem Bett, aber bevor ich mit schlurfenden Schritten die Haustür erreiche, höre ich noch unser Auto von der Auffahrt runter und auf der Straße wegfahren.

Tief ausatmen hilft in solchen Situationen, und Kaffee.

Ich geh in die Küche, um mir erstmal einen Kaffee aufzusetzen. Eine „Line" ziehen kommt leider nicht in Frage, weil ich im Hause, in dem der Lütte praktisch alles auf den Kopf stellt, nichts mehr aufbewahre.

Auf dem Küchentisch liegt eine Nachricht von meiner Frau: „Schatz, wir sind schon mit dem Auto los. Nimm doch das Fahrrad und komm nach. Du wolltest doch wieder mehr Radfahren. Küssi – bis bald."

Ich kann ihren Ärger über mich zwischen den Zeilen lesen und ihr Kopfschütteln vor meinem inneren Auge sehen, während sie es geschrieben hat.

Als ob ich mein Fahrrad in den letzten Jahren auch nur angeschaut hätte. So etwas gemeines, mich zum Radfahren zu nötigen. Was werden die Nachbarn denken, wenn sie mich auf dem Fahrrad sehen? Hinter ihren Gardinen werden sie sich totlachen, oder vielleicht wird auch der eine oder andere anerkennend nicken und denken: "Man, fit hält er sich auch noch, obwohl er so viel auf Arbeit ist."

Egal, eigentlich ja keine schlechte Idee, eine kurze Tour auf dem Fahrrad zu drehen. Wollte ich tatsächlich schon öfter machen. Außerdem habe ich mir vor zwei Jahren – oder ist das jetzt schon 3 Jahre her? – ein neues Fahrrad gekauft. Mit allem Pipapo, und, was mir am wichtigsten war, mit Stundenkilometer-Anzeige.

Als kleiner Junge hatte ich auch schon eine an meinem alten Rad und stellte einen Geschwindigkeitsrekord nach dem anderen auf. Der Tacho erinnert mich an diese unbekümmerte, problemlose Zeit. Deshalb war er mir beim Kauf wohl auch so wichtig.

Beim Zähneputzen, Anziehen und Waschen bin ich in Gedanken nur bei dem Meeting von gestern und dem Grund unserer schlechten Ergebnisse im ersten halben Jahr. Die Personalkostenquote ist einfach zu hoch. Für die Marktsituation ist das nicht mehr zeitgerecht. Letztlich konnte ich auch den Letzten überzeugen, aber nun kommt erst die eigentliche Arbeit auf mich zu. Lästige Gespräche mit Personal- und Betriebsrat, das Aufstellen eines Sozialplans, das Aushandeln von Abfindungen, und so weiter.

In Gedanken verloren finde ich mich in der Garage vor meinem Fahrrad wieder. Unter einer dicken Staubschicht steht es – ein bisher fast nicht benutztes, weißes Fahrrad.

Wunderschön.

Die Farbe passt zu meinen Beinen, die in meinen kurzen Hosen zum Vorschein gekommen sind. Ich ziehe noch einen Rest Verpackungsfolie ab, dann noch ein kurzer Check, schnell die porösen Reifen aufgepumpt, alles klar, und ab geht es an die spätsommerliche Luft.

Während der ersten Meter fällt es mir auch wieder ein. Der Kauf muss schon fünf Jahre her sein. Benutzt habe ich es eigentlich noch nie. Acht bis zehn Kilometer ist das Haus meiner Eltern entfernt. Die in etwa gleiche Strecke fuhr ich als kleiner Junge früher zu meiner Oma und meinem Opa unzählige Male hin und zurück. Ich kannte also auf der Strecke jeden Stein.

Nur in puncto Fitness habe ich über die Jahre Federn gelassen. Nach fünf, sechs Minuten schnaube ich lauter als die Museumseisenbahn, die man in der Ferne hören kann.

Während ich beim Anstieg zum berüchtigten Hüholzberg vom Rad steige, schweife ich ab und meine Gedanken drehen sich immer wieder um die Frage, wie ich den Personalaufwand kostenneutral, also ohne Zahlung von Abfindungen, senken kann.

Fast unbemerkt überholt mich ein kleiner Junge mit seinem Fahrrad. Locker lässig strampelt er den Berg hinauf, ohne zu pusten und ohne Schweißperlen auf der Stirn. Der Anstieg des Berges zieht sich lange und langsam hin. Die Abfahrt ist dafür sehr steil. Der Junge erinnert mich an mich, wie ich vor Jahren immer wieder den Berg hinaufradelte, um beim Herunterfahren immer neue Temporekorde aufzustellen. Ich bin mir relativ sicher, dass der schnellste bei 63 km/h lag.

Welch ein Wahnsinn!

Welchem unüberlegten Risiko ich mich damals in meinem naiven Leichtsinn hingab. Ein Sturz bei dieser Geschwindigkeit ohne Helm hätte den sicheren Tod bedeutet. Aber ich war ein Held. Mit einer verspiegelten Sonnenbrille und „Knight-Rider"-T-Shirt fühlte ich mich damals beim Herunterfahren wie Michael Knight höchst persönlich.

Ein paar Jahre später dröhnte aus den Kopfhörern meines Walkmans, dass jemand seinen Nachbarn in den Swimmingpool pinkeln wollte und im Kopf hatte ich immer nur Fußball, Punkrock und Frauen.

Wenn ich meinem damaligen Ich erzählen würde, mit welcher Traumfrau, er, also ich, in ein paar Jahren jeden Morgen aufwacht, sogar verheiratet ist, und dazu

noch das süßeste Kind der Welt hat, er würde
Luftsprünge machen und es nicht glauben wollen.

Aber würde ich ihm, also mir, erzählen, womit er in ein
paar Jahren sein Geld verdient, würde er es ebenfalls
nicht glauben wollen. Mit einem spöttischen Nicken,
gepaart mit einem Grinsen, würde er mir den
Stinkefinger zeigen. HSV-Profi oder Punkrocker hatten
zur Auswahl gestanden. Aber doch nicht ein
verkackter Manager. Hallo – geht's noch? Vor die Füße
würde er mir spucken, wäre er bei dem gestrigen
Meeting anwesend gewesen und hätte mich gehört.
Zum kotzen. Ich kann förmlich sehen, wie er sich tief
enttäuscht und kopfschüttelnd abwendet.

Angekommen an der Spitze des Berges fass' ich mir ein
Herz. Der Rekord von 63 km/h wird heute gebrochen!
Ich steige auf und trete in die Pedale, als kämpfte ich
um die Anerkennung des kleinen Jungen, der ich
einmal war. Strample, so schnell ich nur kann. Warum,
ist mir selbst nicht klar. Dass ich die Zeit nicht
abhängen kann, um meinen beruflichen Werdegang
neu zu ordnen, ist mir schon klar. Ich hebe meinen
Hintern und ziehe rhythmisch am Lenker, um noch
mehr Kraft rauszuholen und schneller zu werden.
Immer schneller und schneller.

71 km/h erreicht die Anzeige, als ich das Gleichgewicht verliere und sich die Problematik der zu hohen Personalkostenquote auf Anhieb löst.

Nachruf

Wir trauen um unseren langjährigen Mitarbeiter, den wir als fleißig und zuverlässig kennen- und schätzen gelernt haben.

Die Geschäftsführung und der Betriebsrat.

Diese Dreckskarre

von Kalle feat. Andreas

Was jetzt kommt ist kein Fake, sondern wieder mal etwas aus der Rubrik: „Sachen, die das Leben schrieb!".

Es ging durch alle Gazetten und wurde von den Medien innerhalb und außerhalb des Internets auf allen Kanälen gesendet. Weil's doch nicht nur so schön, sondern auch trefflich einer gewissen Situationskomik nicht entbehrt, hat mich die Geschichte gefesselt und animiert, sie festzuhalten:

„VW Touran 2.0 16V TDI Comfortline – Dreckskarre", so der Titel einer Kleinanzeige in einem der größten Kleinanzeigen-Internetportale im Januar 2017. Jeder kennt es, das Kleinanzeigenportal mit den vier kleinen, bunten Buchstaben. Schleichwerbung will ich nicht machen, deshalb belass' ich's mal bei der Umschreibung.

Wo auch immer „Kirchrode-Bemerode-Wülferode" liegt, – offensichtlich das „Süderbrarup" von Niedersachsen – dort hat ein Familienvater seinen ganzen Frust abgeladen und diesen in eine Verkaufsanzeige für das Auto seiner Frau gepackt. Und das mit Erfolg, denn dank seiner lustigen Umschreibung mit „Dreckskarre" und den Hinweisen auf den „pfleglichen" Umgang seiner Frau und seines Sohnes mit dem Auto wurde die Anzeige weit über 250.000 Mal angeklickt. Zudem bekam der Verkäufer mehrere hundert Mails mit Kommentaren und Hilfsangeboten, u. a., wie er auch anders seinen Frust abbauen kann.

So hatte er die Problemlagen seiner „Dreckskarre" in der Verkaufsanzeige unter anderem so beschrieben, Zitat:

1. Problem!

Allerdings hat meine Frau (wir hatten das Auto gerade 4 Wochen) falsch getankt. Benzin statt Diesel. Und ich weiß nicht, wie sie darauf kam, aber sie hat es – nachdem sie den Motor startete – tatsächlich gemerkt! (ADAC -> Fachwerkstatt -> alle Leitungen reinigen lassen -> alle Filter tauschen lassen = richtig teuer!!!). Das ist jetzt 3 Jahre her, trotzdem läuft die Karre einwandfrei.

2. Problem!

Ich bin kein Autoschrauber, aber dass man an einer roten Ampel (besonders, wenn man in einer Stadt wohnt und ständig rote Ampeln sieht) die Kupplung nicht unbedingt dauerhaft treten sollte und den 1. Gang eingelegt lässt, konnte ich mir denken.

Meine Frau hat allerdings über 2,5 Jahre, bei täglich mehreren, minutenlangen Wartezeiten an roten Ampeln, die Kupplung getreten und damit die

Kupplungsscheiben auseinandergepresst (ADAC -> Fachwerkstatt -> komplett neue Kupplung einbauen lassen = richtig, richtig teuer!!!).

3. Problem!

Wir wohnen in einer Stadt (Schule um die Ecke, Supermarkt um die Ecke, Arbeit um die Ecke) und meine Frau kriegt es hin, im Jahr 22.000 km zu fahren. Ich hab keine Ahnung, ich weiß nicht wo sie hingurkt, …. aber ich weiß, dass es von mir ein riesen Fehler war, meiner Frau einen Diesel für Kurzstreckenfahrten zu kaufen.

Letzten Endes ist es immer mal notwendig, den Partikelfilter frei zu brennen, das geht natürlich bei Strecken von 4 – 7 km im Alltag schlecht.

4. Problem!

Wir haben natürlich ein Kind, sonst braucht man keinen Touran. Und ich hab dem Bengel mindestens 4.000 Mal gesagt, er soll beim Einsteigen aufpassen!!!! Das hat er natürlich nicht immer gemacht (was hat der Alte schon zu melden?!). Kleinere Kratzer im Bereich der Hintertür rechts. Nichts dramatisches – trotzdem regt mich sowas richtig auf.

Zitatende.

Und später hat er noch angefügt:

Zitat: „Ich will mit der Karre nichts mehr zu tun haben, meine Frau kriegt irgendeinen kleinen Benziner, den sie gegen 'ne Laterne fahren kann, interessiert mich dann alles nicht mehr." Zitatende.

Hmm, scheint wohl wirklich ziemlich gefrustet zu sein, dieser Mann.

Gelernt habe ich daraus, dass man offensichtlich nur ein wenig provozieren muss, um Menschen für sich zu begeistern oder Aufsehen zu erregen.

Kurze Zeit später, als ich im TV die Nachrichten eingeschaltet habe, fällt mir auf, dass dies offenbar schon viele in letzter Zeit gelernt haben, und übergreifend über alle Nationen scheint es mehr und mehr zu klappen. Später beim Zappen fällt mir eine Doku über das 3. Reich auf und mir wird klar, dass es vor 80 Jahren auch schon geklappt hat.

Meine Meinung: Soll er doch seine Dreckskarre behalten.

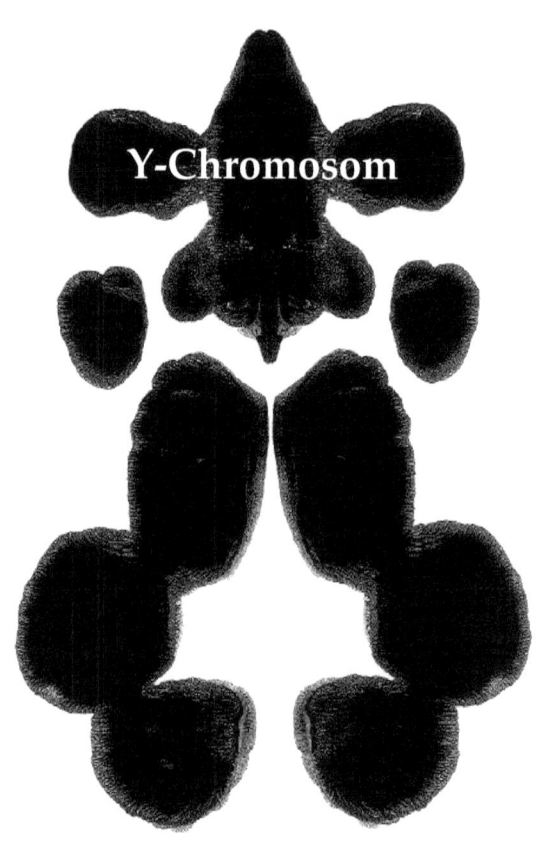

Y-Chromosom

Die Sonne geht allmählich auf. Es ist mittlerweile hell genug, um das Licht auszuschalten.

Eine lange Samstagnacht liegt hinter mir. Ich reibe mir vor dem Fenster im Dachgeschoss die Augen und bewundere das Morgenrot.

Mein Kopf brummt und an meinem T-Shirt klebt Erbrochenes.

Keine Gedächtnislücken, keine Peinlichkeiten, statt einer langen Partynacht liegt eine Nacht als frisch gebackener Papa hinter mir.

Was war ich froh, als ich die Nachricht erhielt, Papa zu werden. Was war ich glücklich, den kleinen Mann das erste Mal auf dem Arm zu halten.

Hätte mich vor der Geburt jemand gefragt, was ich mir lieber wünsche – ob Junge oder Mädchen – ich hätte immer mit „Ist mir egal, Hauptsache: gesund!" geantwortet.

Was zum Teil auch richtig ist. Gesund war mir natürlich am allerwichtigsten, aber direkt danach kam: Junge! Bitte bloß einen Jungen!

Ich habe nichts gegen Mädchen oder Frauen. Ganz im Gegenteil. Bin auch nicht sexistisch. Allerhöchstens ein klein wenig, und wäre meine Suche nach meiner

Traumfrau nicht schon abgeschlossen, würde ich nie wagen, die Wahrheit zu schreiben, nämlich, dass weibliche Kreaturen im höchsten Maße bemitleidenswert sind.

Durchschnittlich sind 40 – 600 Millionen Spermien im männlichen Ejakulat enthalten und in den seltensten Fällen wird es an die Stelle geschossen, die Gott dafür vorgesehen hat.

Ein durchschnittlicher, pubertierender Junge braucht nach der göttlichen Erscheinung seines ersten Nacktmagazins drei Tage, um Spermien zu produzieren, mit denen man von der Anzahl her viermal die Welt bevölkern könnte – um sie dann anschließend im Klo runter zu spülen.

In dem also ohnehin schon sehr unwahrscheinlichen Fall, dass ein Spermium an die richtige Stelle gelangt, muss am Ende auch noch eine weibliche Eizelle mitspielen.

Die Wahrscheinlichkeit, dass sie und ich heute hier sind, kann kein Taschenrechner wiedergeben, weil zu viele Nullen hinter dem Komma stehen.

Was für ein grandioses Wunder, das Mutter Natur hier vollbracht hat … und wahrhaftig ein Riesenglück für jeden von uns. Jedenfalls, wenn sich bei ihnen auch ein

Y-Chromosom durchgesetzt hat. Falls nicht, wird's ihnen mit den Jahren irgendwann klar: weiblich zu sein ist großer Mist.

Oder hat schon mal eine Frau Applaus von ihren Freunden bekommen, wenn sie aus tiefer Inbrunst rülpst oder ihren Pups anzündet?

- Im Stehen pinkeln,
- betrunken und vollgekotzt in der Ecke liegen, ohne Ansehen zu verlieren,
- sich kratzen, wo man will und wann man will,
- Unterwäsche im 3er- Pack für 5,50 EUR kaufen, die dazu noch bequem ist,

das alles sind Sachen, die dem männlichen Geschlecht vorbehalten sind.

„Schlampe" ist ein rein weiblich behaftetes Wort. Das männliche Pendant ist meines Erachtens „geiler Macker".

Wenn man über Fußball redet, geht es automatisch um Männer-Fußball.

Wenn man überhaupt über Frauen-Fußball spricht ist es, als rede man über eine andere Sportart.

Bei Olympia ist die Königsdisziplin der Zehnkampf und der 100 m-Lauf . . . . der? Genau, der Männer!

Führungspositionen werden in der Regel von Männern besetzt. Sollte es doch mal eine Frau mit ungleich viel mehr Aufwand und größten Opfern schaffen, für eine Führungsposition in Frage zu kommen, wird der Mann für die gleiche Arbeit besser bezahlt.

Frauen haben, wenn sie heterosexuell sind, hässliche Sexualpartner. Der männliche Körper gibt so gar nichts her, was man schön finden kann. Von den Genitalien ganz zu schweigen. In einer Männer-Umkleidekabine ist immer die Angst mit im Raum. Die Angst, ein beachtliches Genital zu erblicken und dessen Bild wochenlang nicht mehr aus seinem Kopf zu bekommen. Ich kann mir also gut vorstellen, was eine durchschnittliche Frau täglich durchmachen muss.

Sie verstehen also, dass ich sehr glücklich bin, Vater eines Jungen zu sein. Zugleich bin ich überglücklich, über jedes bemitleidenswerte weibliche Wesen, dass das Licht der Welt erblickt hat und zur Frau herangewachsen ist. Denn nur mit Frauen können Männer so schöne Sachen machen, wie:

Der Katze was zum Füttern geben,

das Schlachtschiff in den Hafen fahren,

einen Braten in den Ofen schieben,

einen Piepmatz in die Voliere kloppen,

ein Würstchen in den Tunnel werfen,

den Grottenholm spazieren führen,

eine Schießerei im braunen Salon,

eine Cremefüllung verpassen,

imkern, bis der Honig fließt,

das Rein-Raus-Spiel spielen,

eine 21-Finger-Übung,

die Schlange verstecken,

nach Timbuktu rütteln,

in die Grotte rotzen,

die Einfahrt finden,

die Furche beackern,

eine Palme pflanzen,

in die Lücke hupen,

ein Rohr verlegen,

die Dose pudern,

einen Bären reiten,

ein Lachs buttern,

einen über ´n Docht ziehen,

eine Salami verstecken,

Matratzentango,

Pimmelbingo,

Rosettenrodeo,

durchorgeln,

auswuchten,

reinlunzen,

vollpumpen,

einparken,

einlochen,

stopfen,

knüppeln,

bohren,

hobeln,

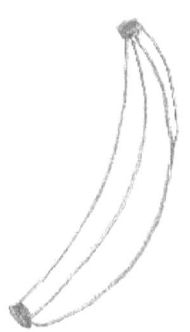

bürsten,

reiten,

knallen,

nageln,

mangeln,

stechen,

bügeln,

dübeln,

möbeln,

BUMSEN!!!!

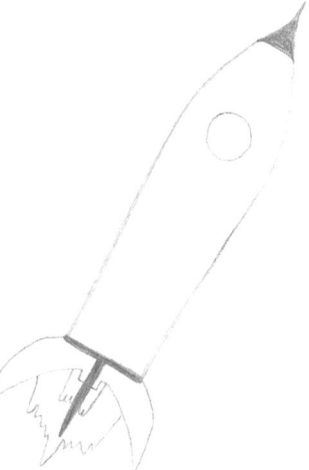

oder einfach „Liebe machen"!

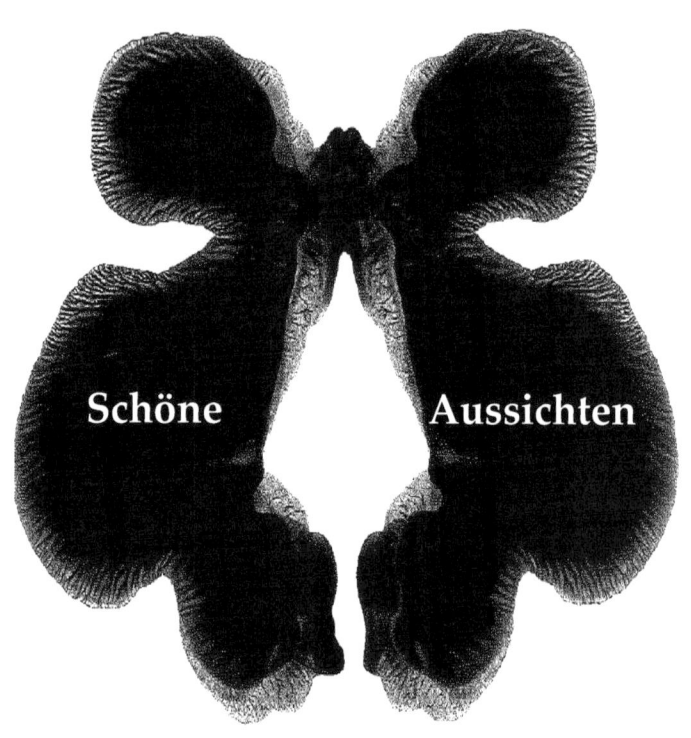

Schöne Aussichten

Langsam steigt der Dampf meines Frühstückskaffees in die kühle Frühlingsluft.

Hin und wieder ist eine Wolke am Himmel zu sehen, im Großen und Ganzen stehen die Zeichen aber auf einen wunderschönen Frühlingsmorgen.

Hier, von meinem Balkon aus, schaue ich in Richtung Wasser, dort, wo die Schlei in die Ostsee mündet.

Wie oft hat mir das Nebelhorn des Leuchtturmes den letzten Nerv geraubt, ohne, dass ich ihn von hier aus je gesehen habe. Vieles Schöne blieb mir von hier verborgen. Schade.

Zum Beispiel, wie der Ostseewind die Segelboote auf Kurs bringt und die Möwen in der Luft hält, oder die Fischer, die ihrer Arbeit nachgehen, die Ruderer, die Surfer und die Kiter, die ihren Spaß haben. Obwohl ich all dies direkt vor der Nase habe, blieb mir ein Blick von hier darauf bisher immer versagt.

Ich müsste meinen Oberkörper weit rechts über die Brüstung lehnen, ja, dann vielleicht. Aber meinen Kaffee so zu trinken würde wohl sehr komisch aussehen und unweigerlich zu Rückenschmerzen führen.

Wer von meinen Vorfahren kam bloß auf die hirnverbrannte Idee, mir einen Baum direkt ins Sichtfeld unseres schönen Meerblickes zu pflanzen?

Dachte mein Uropa etwa: „So bleibe ich jedenfalls in Erinnerung, vielleicht in keiner guten, aber man wird immerhin an mich zurück denken."

Und jedes Mal, wenn ich mich auf meinem Balkon verrenke, um einen Blick aufs Wasser zu werfen, sitzt er laut lachend auf seiner Wolke und zeigt mit dem Finger auf mich.

Hah! Wahrscheinlich ein echter Running Gag im Himmel.

Ja, das Vorhaben von Torben, der seit kurzem nebenan wohnt, ist einfach sinnvoll!

Mit einem Augenzwinkern präsentierte er mir einen langen Kupfernagel, weil, das Ding einfach so fällen — undenkbar! Die Naturschützer würden uns aufs Dach steigen. Aber bei einem toten Baum wäre das natürlich was ganz anderes.

Soll er doch machen! Warum soll ich ihn daran hindern? Ich tu´ doch sonst schon so viel für den Umweltschutz. Irgendwann hört es ja wohl auch mal auf!!!

Na gut, spontan fällt mir außer Mülltrennung nicht viel ein, aber allein, wenn man an die Marktwertsteigerung unseres Hauses denkt, muss man ihm beipflichten.

Naja, ein paar schöne Erinnerungen verbinde ich ja schon mit dem Ding — mit diesem alten Baum.

Er war immer der rechte Torpfosten, ein Pulli diente als linker, wenn ich als „Thomas von Heesen" auf Torjagd ging. Es wäre ausschließlich ihm zu verdanken gewesen, wenn der HSV mit mir als Führungsspieler die deutsche Meisterschaft gewonnen hätte.

In meiner Vorstellung hab ich dort unten auf dem Rasen neben dem Baum jeden Gegner an die Wand gespielt. Wenn es zur großen Karriere gereicht hätte, würde den Baum jetzt eine goldene Gedenktafel zieren. Auf ihr würde stehen:

„Hier erlernte Welt- und Europameister Andreas Wolter das Fußballspielen."

Gut befestigt, mit vier langen Kupfernägeln.

Nein, das wäre ja auch wieder Blödsinn. Vier Kupfernägel würde der Baum sicherlich nicht überleben und mit ihm wäre die Gedenktafel auch dahin.

Leider kamen sowieso Alkohol und Frauen dazwischen — an mangelndem Talent meinerseits hat es sicher nicht gelegen.

Auf jeden Fall würde mein Sohn ohne diesen Baum keinen Fußball spielen. Er würde bestimmt auf solche Ideen wie Drogen konsumieren oder gar Turnen kommen. Mein Junge in einer hautengen Turnhose am Barren, eine Horrorvorstellung! Er würde täglich in der Schule verhauen werden.

Ach ja — das Herz, das den Baum seit Jahren ziert …

„S + A" schnitzte ich an einem wunderbaren Sommerabend für meine Stephy in den Baum. Und noch ein schönes Herz rundherum. Ein Symbol unserer Liebe.

Im Sommer, wenn wir unten in der Nähe des Baumes den Grill anschmeißen und ihr Blick schweift, bleibt er immer einen kurzen Augenblick am Herz hängen, verweilt dort, um mir dann ein Lächeln zuzuwerfen.

Dieses Lächeln spricht zu mir:

„Ich liebe dich. Ich bin glücklich mit dir."

Dieses Lächeln aufgeben?

Mord an dem Baum wäre Mord an einem Eckpfeiler unserer Liebe – praktisch unserem immerwährenden Liebessymbol.

Wofür?

Für einen Blick auf einen Turm, der nervigen, lauten Lärm macht, wenn es nebelig ist?

Auf die Viecher, die mir mein Auto vollkacken und Bonzen, die in ihren Designer-Polohemden vor meinen Augen ihre Penisverlängerungen in Form von Segelbooten präsentieren?

Ich würde jeden Morgen eine Halskrause kriegen.

Nein, das werde ich zu verhindern wissen!

Aus meinen Gedanken reißt mich die liebevolle Stimme meiner Frau:

„Alles in Ordnung, Schatz?"

„Nein, nichts ist in Ordnung!", murmel ich in meinen Bart.

Dann rufe ich ihr zu: „Wenn ich unseren verrückten Nachbarn jetzt nicht aufhalte, werden alle unsere Kinder Drogen nehmen und täglich in der Schule verhauen werden. Du guckst mich nicht mehr verliebt an und überall diese Penisverlängerungen! Ich bin kurz weg!"

Während ich eilig die Wohnung verlasse, bildet sich wie im „Tom & Jerry"-Comic ein Fragezeichen über ihrem Kopf und ich höre noch ein kurzes: „… lieb' Dich.", bevor die Haustür mit lautem Knall ins Schloss fällt.

Der letzte Gast

Die Uhr tickt ununterbrochen,
schon die dritte Kerze brennt.
Schier alle sind längst aufgebrochen,
nur einer hat die Zeit verpennt.

Da sitzt er und sitzt, als wollte er
auf seinem Sofa Wurzeln schlagen.
Der Wirt schlurft schläfrig hin und her
und trennt sich von Schlips und Kragen.

Der liebe Gast starrt unbeirrt
mal in sein Glas, mal ins Gelände.
Verzweifelt denkt der Wirt:
"Wenn der Kerl doch bloß verschwände."

Aus der Jukebox gibt's keine Lieder;
von ihr war lange nichts mehr zu hören.
Nichts los heute, schon wieder,
die Stille lässt sich heute nicht stören.

Der Kerl verschwindet aber nicht.
Er will auch nicht länger dösen.
Im Gegenteil, jetzt will er Licht
und schnell noch mal ein Rätsel lösen.

Der Wirt knirscht wütend: "Bitte sehr!"
Er hält sich kaum noch auf den Beinen.
Seit Stunden ist der Laden leer,
es dreht sich nur noch um den Einen.

78

Der Mond will heute nicht bleiben,
dichte Wolken machen ihn unerkennbar,
lautes Getöse rüttelt an den Scheiben,
Regen und Wind sind heute untrennbar.

Der Eine aber hat noch Zeit.
Das erste Morgenrot wird bald strahlen,
dann ist er allenfalls bereit
sein kleines Helles zu bezahlen.

Der Wirt, der Arme, er fasst es kaum,
schließt zu, und legt sich bleischwer nieder,
und murmelt immerzu im Traum:
"Beehren Sie mich recht bald wieder."

Love hurts

feat.   Kalle

Der raue Ostseewind zieht von der Küste herüber. Die Baumkronen wiegen sich im Wind. Es ist unbehaglich. Wieder geht ein Luftzug durchs Haus.

In der Ecke sitzt Willi wie angewurzelt und starrt leeren Blickes vor sich hin.

Man erkennt sofort deutlich: Hier steckt jemand voller Trauer. Selbst der süße Honig heute Morgen ließ in ihm keine gute Laune aufkommen.

„DU BIST EINE NUTTE!",

hatte er zu seiner Freundin gesagt, bevor sie die Wohnung verließ. Ja, sie verdient offensichtlich ihr Geld im horizontalen Gewerbe. Das hätte sie eigentlich schon mal erwähnen können, dachte er sich.

Und er hatte sich gewundert, welchen Weg sie immer einschlug, wenn Sie das Haus verließ.

Ach, verdammt, wieso hat er ihr auch nicht besser zugehört, wenn sie etwas erzählte. Ja, okay, er dachte oft nur an das eine, aber jetzt ist ihm auch klar, wieso sie immer so süßlich roch, wenn sie aufstoßen musste. Das konnte nicht nur Talent gewesen sein, was sie mit ihm im Bett veranstaltet hat.

Damals, als sie ihren Urlaub auf dem Bauernhof verbrachten, hätte ihm spätestens auffallen müssen, dass sie ein Profi war. Es war traumhaft, und je mehr er darüber nachdachte, nicht nur die Zeit im Bett.

Sie hat sein Leben wieder lebenswert gemacht, definitiv.

Seit sie Seite an Seite waren, schwebte er nur noch mit einem Grinsen im Gesicht herum und summte ständig ein fröhliches Lied. Jedenfalls bis eben.

Warum hatte sein Nachbar von schräg gegenüber nicht einfach die Klappe halten können, als er sagte:

„SIE IST EINE NUTTE!"

Und überhaupt: Wo ist das ganze Geld? Was sagt das Finanzamt dazu? Werden alle Dienstleistungen von ihr auch genau abgerechnet, wie es die Behörden verlangen? Hat die Sitte eventuell schon ein Auge auf sie geworfen?

Ach, seine Eltern würden sich im Grabe herum drehen und die Nachbarn lachen bestimmt auch schon seit langem über ihn. Wahrscheinlich seit dem ersten Tag, als er sich in sie verliebte. Die Juli-Hitze glitzerte damals auf ihrem goldbraunen Körper und er erzählte gerne jedem von seinem Glück.

Wieso das aufgeben, nur, weil es gesellschaftlich nicht anerkannt ist? Was würde er gewinnen und was verlieren?

„DU BIST EINE NUTTE!",

hat er zu ihr gesagt und sie sicher tief verletzt.

Vielleicht ist sie auch nur einfach verwirrt, weil er etwas gesagt hat, das ihm doch hätte klar sein müssen. Sie muss sich nun mal jeden Tag auf alles draufsetzen, was irgendwie gut aussieht, riecht usw. Das bringt ihr Job mit sich.

„Ach, was kümmern mich die Bauern aus meinem Stock!" sagte er laut, während er auch endlich wieder seiner Arbeit nachgehen muss.

Außerdem soll man doch Beruf und Liebe trennen können, oder?

Das wichtigste für ihn ist nun mal die Liebe.

Ja, er liebt sie, das ist ihm nun klar.

Dann geht er runter zu den anderen und stellt sich in der Reihe an. Schon wird er von seinem Vordermann angeraunzt: „Oh man, Alter, die Königin ist heute gut drauf. Da können wir alle mal davon ausgehen, dass wir drankommen."

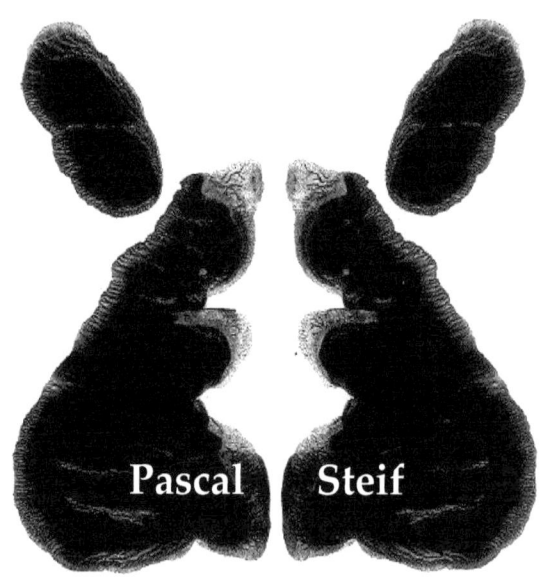

Pascal   Steif

Zu den schönen Dingen im Leben zählt ein Bundesliga-Wochenende, welches man entspannt und in aller Ruhe vor dem Fernseher verbringen kann. Man sieht viele Millionäre, die richtig in Schweiß kommen, während die größte körperliche Belastung meines kleinen Mannes darin besteht, die Reste des nächsten, aus dem Kühlschrank geholten Biers, nach massivem Niereneinsatz ins WC zu pinkeln.

Begeisterung, Jubelstürme, Spannung und ein nie vorhersehbarer Ausgang sind die Sachen, die ich daran liebe. Also, ich habe wirklichen allen Grund zur Vorfreude, wenn ein Bundesliga-Wochenende mit ausreichend Freizeit ansteht.

Doch das hat seine Grenzen, wenn der berühmt-berüchtigte Nord-Süd-Schlager ansteht. Mein HSV gegen den übermächtigen Gegner aus München. Die Spieler der eigenen Mannschaft geben sich regelmäßig bereits nach 15 Minuten gegen diesen Gegner auf und es fallen nicht selten 6 bis 9 Gegentore.

Aber anstatt vor der Glotze zu hängen und etwas Sinnvolles zu machen, wie zum Beispiel mit der Familie etwas zu unternehmen, das Spiel nicht zu gucken und dadurch Gefahr zu laufen, die Möglichkeit eines historischen Spiels mit positiven Ausgang für meinen HSV zu verpassen? Das ist völlig undenkbar.

Ich würde mir das nie verzeihen, nicht live die Daumen gedrückt oder gegebenenfalls nur zeitversetzt in der Sportschau eine Zusammenfassung gesehen zu haben. Das ist nicht dasselbe und wer jetzt hier nachfragen muss, wird es eh' nie verstehen.

Leider hat auch kein Zahnarzt einen Termin für eine Wurzelbehandlung am Samstagnachmittag frei. Egal. Nun sitze ich hier vor dem Fernseher mit einem Fünkchen Hoffnung, dass es diesmal anders wird.

Herrje, als dann 5 Minuten vor Anpfiff der Kommentator „Pascal Steif" das Wort ergreift, um mich durch die anstehende Partie zu führen, weiß ich schon: Das wird kein guter Tag.
Wer in aller Welt bezeichnet diesen Mann als Fußball-Experten oder guten Kommentator? Es gibt zu viele Spielernamen, die er völlig falsch ausspricht. Zu viele seiner Fakten, die er emotionslos ins Mikrofon stammelt, sind zudem schlichtweg falsch. Wenn er mal seine Nickelbrille vermisst, weiß ich, wo er als erstes suchen sollte: Im Rektum von „Uri Höweß". Diese Arschkriecherei beim Klassenprimus ist zum kotzen. Sie vermuten es vermutlich schon, ich mag „Pascal Steif" nicht!

Und einfach den Ton ausschalten, das geht auch nicht. Ein Fußballfan kann nicht einfach so den Ton ausschalten, denn ohne den Ton, dieser emotionalen Stadionkulisse, ist Fußball schauen nicht dasselbe. Geht also nicht.

Es reicht. Ich werde einen Online-Aufruf starten und dafür werben, dass Herr Steif keine HSV-Spiele mehr kommentieren darf. Nein, keine Kommentare sollen mehr zum HSV, seiner Fans, Funktionäre, Betreuer oder Spieler über seine Lippen kommen. Dafür benötige ich viele, sehr viele „Likes". Es benötigt sehr viel Zeit, einen Aufruf zu starten, für meine These zu werben und die TV-Sender darauf aufmerksam zu machen, zu überzeugen. Sehr, sehr gut investierte Zeit, wie ich finde – nicht nur für meinen, sondern sicher auch für den Seelenfrieden vieler tausender Fußballfans.

Zeit, die man auch dafür verwenden könnte, Flüchtlingen bei Behördengängen zu helfen. Oder, um auf den Klimawandel aufmerksam zu machen und Leugnern von dessen Existenz zu überzeugen. Etwas gegen die stetig steigende soziale Ungerechtigkeit zu unternehmen. Tafeln und Obdachloseneinrichtungen zu unterstützen. Mit den Nazis in der Stadt zu diskutieren. Raus gehen auf die Straße und gegen den steigenden Rechtsdruck zu demonstrieren. Nicht wortlos daneben stehen und später sagen: „Ich hab doch nichts gemacht."

Das könnte ich zum Beispiel auch tun, und mich nicht auf den Wahnsinn der Staatsmänner dieser Welt verlassen. Würde ich auch tun, wenn mir die Zeit nicht fehlen würde. Ich bin mit dem Projekt „Pascal Steif" völlig ausgelastet und kann mich nicht um alle Probleme dieser Welt kümmern.

Und wenn ich von meinen Enkeln in einigen Jahren gefragt werde: „Warum hast du nichts getan, gegen die Rechtspopulisten? Du hast doch aus der Geschichte gewusst, wie es endet. Immer und immer wieder wurde dir doch das 3. Reich vor Augen geführt."

Dann werde ich mich zurücklehnen können und eine schlüssige wie nachvollziehbare Geschichte erzählen, die mit den folgenden Worten beginnt: „Kennst du „Pascal Steif"?

Wie heißt eigentlich euer „Pascal Steif"?

Mein Publikum

Eigentlich wollte ich einen sozialkritischen Text vortragen.

Einen, der zugleich so lustig ist, dass einige vor Lachen nach Luft japsen würden, und der zugleich aber auch aufrüttelt.

Jeder würde noch Tage später über diesen Text nachdenken und hätte etwas über sich und die Welt gelernt.

Irgendjemand hätte ein Handy gezückt, ein Video gemacht und es bei „YouTube" hochgeladen.

Noch viel schneller, als bei den Stars meiner Poetry-Slam-Kollegen, würde es sich im Netz verbreiten und in kürzester Zeit wäre es eine Milliarde Mal angeklickt worden.

Trotz der Sprachbarriere wäre das Video weltweit ein Hit, weil der Text nicht nur eine grandiose Aussage hat, sondern gleichzeitig ein Gefühl transportiert.

Ich wäre zur globalen Berühmtheit geworden, hätte zwar damit keinen Cent verdient, könnte aber nicht mehr in Ruhe bei Aldi einkaufen gehen oder im Straßenverkehr die Verkehrsteilnehmer anschreien, ohne damit gleich in der „Bild-Zeitung" auf der ersten Seite zu landen.

Und aus diesem Grund lese ich den Text jetzt nicht vor, auch, weil mich gerade eben die Muse küsste.

Die Muse in Form von euch.

Augenblicklich „mein" Publikum.

Ein Publikum, viel stilvoller, als es Mozart in Wien je hatte, und 1.000 Mal cooler als bei den „Ramones".

Ein sehr geistreiches, das strotzt vor Charme, Humor und Sex-Appeal.

Dieses Publikum ist gut bei Kasse, benimmt sich vorbildlich, ist bescheiden und verfügt über ein hervorragendes Urteilsvermögen.

Mit dem Gespür, im richtigen Moment schwer zu atmen, zu kichern oder zu schmunzeln und donnernden Beifall zu spenden.

Am liebsten würde ich jetzt ein Foto von euch machen, damit ich beim nächsten Poetry-Slam angeben könnte: „Schaut her, die hab ich letztens gehabt und es war richtig geil!"

Und in einsamen Nächten könnte ich mir einen runter holen – einen Karton mit Bildern vom Dachboden, und da wäre es dann drin. Also das Bild.

Voll von melancholischen Gefühlen und Erinnerungen an diesen einzigartigen Augenblick mit dem weltbesten Publikum.

Das ich's euch nicht wert war, steht außer Frage.

So ein Glück hat nicht jeder Künstler.

Immerzu werde ich mich fragen: „Warum habe ich nicht jede Sekunde noch mehr ausgekostet?"

Lange nach dieser Veranstaltung werde ich hier sitzen und laut weinen und mich meiner Tränen nicht schämen, denn ich kann aufhören, mit dem Schreiben, mit der Kunst.

Niemals wieder werde ich in den Genuss eines solchen Publikums kommen.

Nächstes Mal wird irgendjemand von euch nicht kommen oder irgend so ein naiver Sack wird versuchen, sich durch Kaufen einer Eintrittskarte Zutritt zu verschaffen und damit alles zerstören.

Wenn ich die Chance hätte, in der Royal Albert Hall, im Wiener Burgtheater oder im Madison Square Garden etwas vorzulesen, wird das Publikum nie eine Chance von mir bekommen. Und nicht, weil mich wahrscheinlich kein Mensch versteht, sondern weil ihr mich versaut habt.

Das klingt jetzt vorwurfsvoll, aber so ist es auch gemeint.

Nie wieder werde ich dieses Glücksgefühl verspüren können, welches ich bei eurem Applaus verspürt habe. Nie wieder so ein Lampenfieber empfinden.

Geblieben ist eine große Leere und Gleichgültigkeit.

Wir können versuchen, uns alle wieder hier zu verabreden, aber das würde auch nicht funktionieren, weil ich so nervös wäre, so dass ich zu früh kommen würde.

Denn von euch wäre ja noch gar keiner hier, weil ihr ja alle noch nicht gekommen wäret. Ja, das ist Mist, wenn man zu früh kommt.

Was ich nur sagen wollte: „Diesen Moment bekomme ich nie wieder – ich will die letzten Sekunden genießen.

Danke, mein liebes Publikum.

Endlich fertig!

So, jetzt hab ich´s das letzte Mal durchgelesen und mir wird klar: Jetzt kann nichts mehr geändert werden, jetzt ist alles gelaufen und ich bin mit jeder der 14 Geschichten glücklich, so wie sie sind. Das bin ich! Hoffentlich kann man das Augenzwinkern zwischen den Zeilen lesen und wie viel Spaß und Liebe hier drinnen steckt.

Mein großer Dank geht an Kalle für die Hilfe und Unterstützung. An meine Liebe Frau und meinen Sohn, weil sie meinen Hang zum Größenwahn nicht nur tolerieren sondern regelrecht unterstützen. Andi für die Fotos, Dani für das Cover und Detlef für „den letzten Gast".

Impressum

Adresse des Autors im Selbstverlag:

Andreas Wolter
Süeskoppel 3, 24376 Kappeln
Email: andreas.wolter@3000sekunden.de

Als Co-Autor, hier mit dem Pseudonym „Kalle" bei
den Texten „Love hurts" und „Diese Dreckskarre"
bezeichnet, handelt für den Inhalt mitverantwortlich:

Karl-Heinz Sladek
Hauptstr. 23, 24890 Stolk
Email: sladek@uni.de

www.3000sekunden.de

Herstellung und Verlag:
BoD - Books on Demand, Norderstedt
ISBN 978-3-7448-4051-4